지은이 **다비드 칼리** Davide Cali

1972년 스위스에서 태어났으며 이탈리아와 프랑스에서 살고 있습니다. 그는 그림책과 만화, 시나리오, 그래픽 소설 등 어린이와 청소년을 위한 글을 쓰는 세계적인 작가로, 우리나라를 포함해 25개가 넘는 국가에서 작품이 출판되었습니다. 그의 작품들은 기발한 상상력과 유머로 사람들의 사랑을 받고 있으며, 2005년 '바오바브 상', 2006년 '볼로냐 라가치 스페셜 상' 등 수많은 상을 수상했습니다. 우리나라에 출간된 그림책 작품으로는 『적』, 『나는 기다립니다』, 『완두』, 『싸움에 관한 위대한 책』, 『내 안에 공룡이 있어요』, 『피아노 치기는 지겨워』 등이 있습니다.

그린이 **소냐 보가예바** Sonia Bougaeva

1975년 러시아 상트페테르부르크에서 태어났으며, 현재는 독일 함부르크에 살고 있습니다. 그녀는 예술대학교에서 일러스트레이션과 회화를 배웠으며, 졸업 후에는 애니메이션을 교육 받고 영화 스튜디오에서 일했습니다. 지금은 다양한 책에서 일러스트레이터로 활동하고 있으며, 우리나라에는 대학 졸업 작품이었던 첫 번째 그림책, 『손님이 찾아왔어요』가 출간되어 있습니다.

옮긴이 **최유진**

1971년 부산에서 태어나 자랐습니다. 부산대학교 불어불문학 학사와 석사를 졸업하고 박사과정을 수료하였습니다. 프랑스 소설을 전공하였으며, 프랑스 브장송Besançon에서 공부하고 부산대학교에서 강의하였습니다. 부산외국어고등학교 및 부산의 유수 외국어 교육기관을 거치며 오랜 시간 교단에 섰고, 지금은 센텀시티에서 통번역 사무소 라끌레르LACLAIRE를 운영하고 있습니다.

Marlène Baleine

by Davide Cali / Sonia Bougaeva

뭐든지 할 수 있는
마음의 비밀

안나는 고래래요

다비드 칼리 글 • 소냐 보가예바 그림 • 최유진 옮김

썬더키즈
thunder kids

오늘은 수요일, 안나가 수영장에 가는 날이에요.

안나는 먼저 탈의실에서 나와 샤워를 합니다.
찬물에 쫄딱 젖는 게 싫어서 몸을 이리저리 움츠립니다.
그리고는 고개를 푹 숙이고 7번 레인까지 숫자를 세며 걸어가지요.

안나는 항상 줄을 설 때 맨 끝으로 갑니다.
왜냐하면 안나가 물에 뛰어들 때마다 엄청난 물보라를 일으키거든요.
그러면 모두 이렇게 외친답니다.

7

안나는 물에 들어가는 게 너무나 싫었습니다. 수영도 싫었지요.

자유형,

배영,

평영,

접영까지.

안나는 자기가 움직일 때마다 쓰나미를 일으킨다고 생각했어요.

여자아이들은 언제나 안나를 놀리며 이렇게 말했어요.

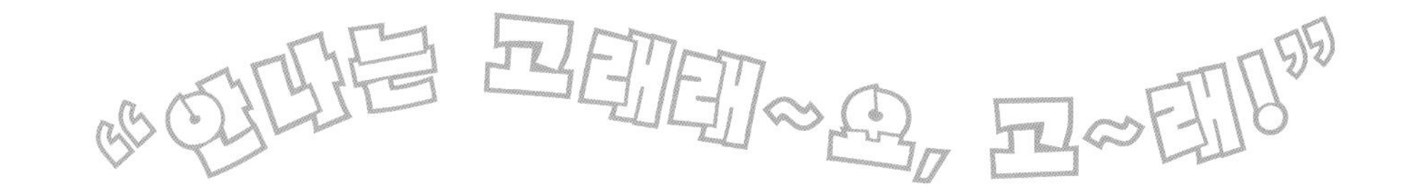

수업이 끝난 뒤, 선생님이 안나를 부르셨어요.

“안나야, 뭐가 문제니? 혹시 수영을 좋아하지 않니? 넌 수영을 참 잘하는데 말이야.”

“아니에요. 전 너무 뚱뚱한걸요.”

“무슨 소리니, 그건 너의 생각일 뿐이란다.”

“제 생각일 뿐이라고요?”

“그럼. 우리는 우리가 생각하는 대로 되거든. 수영을 잘하고 싶으면, ‘난 가볍다.’라는 생각만 하렴.”

새나 물고기가 ‘나는 무거워.’ 하고 생각하겠니?

"그것참 희한한 생각이네." 안나는 혼자 중얼거렸어요. '한번 해 볼까!'
안나는 샤워기 아래에서 눈을 감고 생각했어요.

물……, 물……, 물, 물!

이상한 일이에요. 물이 차갑게 느껴지지 않아요.
혹시 이번에만 따뜻한 물이 나온 걸까요?
안나는 갑자기 자기가 물이 된 것처럼 느껴졌어요.

안나가 수영장에서 나왔을 때는 이미 날이 어두웠어요.
다행히 집이 멀지 않아서 혼자 갈 수 있지만,
가끔 무섭다고 느끼는 사람들을 만나곤 해요.
이렇게 말하는 아저씨도 있지요.
“작은 버섯, 어디 가는 길이니?”
안나는 그 아저씨가 싫어서 아무 대꾸도 하지 않고, 쳐다보지도 않고,
뛰어가 버리곤 했어요. 오늘 저녁에도 아저씨는 거기에 있었어요.
이번에 안나는 자기가 ‘거인’이라고 생각했어요.
그리고 아저씨의 눈을 똑바로 바라봤어요.
아저씨는 안나에게 아무 말도 하지 않았어요.
‘정말 되잖아!’ 안나는 신기했어요.

그건 정말 멋진 생각이었어요! 잠시 후 이불 속에서 안나는 또 생각했어요.
'나는 겨울잠을 자려는 굴속의 고슴도치야.'
그리고 안나는 이내 깊은 잠에 빠져들었습니다.

일주일 내내 안나는 수영 선생님의 말씀대로 계속해봤어요.
캥거루도 생각해 보고,
조각상도 생각하고,
토끼도 생각해 보고,
눈부신 태양도 생각했지요.

그리고 그건 정말 효과가 있었어요!

체육 시간에는 높이뛰기를 해냈고,
예방주사를 맞을 땐 따끔함도 느끼지 않았지요.
급식 시간엔 당근을 모두 먹어 치웠고,
또 처음으로 '엘리엇'이 안나를 바라보며
미소를 지었답니다.

다시 수요일이 되었어요.
안나는 탈의실에서 나와, 샤워하며 생각했어요.
'난 돌이다.'
안나는 물이 차갑다는 생각이 들지 않았어요.
그리고 늘 그렇듯이 7번 레인까지 걸어가 다른 아이들과 함께 줄을 섰어요.
안나는 차례를 기다리며 '난 로켓이다.'라고 생각했어요.
그러고는 물방울을 하나도 튀기지 않고 물속으로 뛰어들었답니다.

안나는 가벼운 것들에 대해 생각했어요.
정어리, 뱀장어, 꼬치고기, 상어 같은 물고기도요.
그리고 카약을 떠올리면서 자유형을,
윈드서핑 보트를 생각하면서 배영을,
잠수함을 떠올릴 때는 평영을,
모터보트를 생각하고는 접영을 했지요.

"잘한다, 안나야!" 하고 선생님이 말했어요.
같은 반 여자아이들이 모두 안나를 바라봤어요.
이번에는 아무도 '안나는 고래래~요.' 하고 외치지 않았어요.
하지만 그중 한 아이, '베티'가 말했어요.
"넌 이제 수영을 잘하니까 저기 높은 다이빙대에서
뛰어내릴 수도 있겠네!"

안나는 베티의 생각을 알고 있었어요.
베티는 안나가 이렇게 높은 곳에서 뛰어내릴 용기는 없을 거로 생각했지요.
안나는 다이빙대로 올라가 물을 내려다봤어요. 그리고 떠올렸지요.
아주 생생하게, '나는 고래다.' 하고 말이에요.
아니, 좀 더 근사하게, '나는 지금까지 본 적 없는…….'

'슈퍼 고래야!'

1

안나는
고래래요

1판 1쇄 인쇄 2020년 6월 22일
1판 2쇄 인쇄 2021년 8월 10일

지은이 다비드 칼리
그린이 소냐 보가예바
옮긴이 최유진

펴낸이 손기주

편집 김기린 **디자인** 썬더키즈 디자인팀
세무 세무법인 세강

펴낸곳 썬더키즈
등록 2014년 9월 26일 제 2014-000010호
주소 경기도 의왕시 정우길47. 2층 **전화** 031 348 2807 **팩스** 02 6442 2807

ISBN 979-11-90869-00-3 (77860)

값은 뒤표지에 있습니다. 잘못된 책은 구입하신 곳에서 바꾸어 드립니다.
썬더키즈는 썬더버드의 아동서 출판브랜드입니다.